DER ANFANG IST NAH

EVENFALL

THE POETICS
PUBLISHING

Englische Originalausgabe erschienen unter dem Titel
The Beginning is Near

The Poetics Publishing ist ein Imprint der The Poetics GmbH – ein Verlag und Softwareunternehmen mit Sitz in Zug, Schweiz.

Für Anfragen: evenfall@thepoetics.eu

ISBN 978-3-03971-023-2 Taschenbuch
ISBN 978-3-03971-024-9 Gebundene Ausgabe
ISBN 978-3-03971-025-6 E-book

The Poetics GmbH
Hasenbüelweg 34
6300 Zug – Schweiz

Für die Träumer,
die ihre eigenen Geschichten erschaffen.

Sie lächelte
und die Welt
wurde zu einem
glücklicheren Ort.

Weit über unsere Wolken
spannt sich das Himmelsgewölbe,
das sich in einer Liebe auflöst,
die tiefer ist als alle Ozeane,
ein Zuhause für Träumer,
für uns, die Liebenden.
Ein Paradies in einem Universum,
nach dem wir so lange gesucht haben.

Liebe ist ganz einfach — Liebe gibt dir die Kraft, Momente in Frieden auszuleben und mit der richtigen Person kannst du dir ein Leben ohne sie kaum mehr vorstellen. Da ist immer dieser Wunsch, jeden Weg Hand in Hand zu gehen. Vielleicht ist Liebe etwas, das durch die Augen spricht und vom Herzen gefühlt wird.

Unter einem Meer aus tausend Sternen
versank ich trotzdem in deinen Augen.

Sie — Sie ist voller Abenteuer und Träume. Eine Frau, die sich im Himmel verliert, nach dem sie strebt. Mit einem Herz, das sich immer dem Licht zuwendet, ist sie zum Fliegen bestimmt. Sie ist eine Heilerin der Herzen, eine Hoffnung für das Universum.

Jedes Mal, wenn ich in deine Augen schaue,
verliebe ich mich ein bisschen mehr in dich.

Sie hat ein Feuer in sich,
das aus Himmel Hölle macht.

Du warntest mich vor
dem sterbenden Licht in dir,
aber ich liebte dich trotzdem
aus dem Schatten heraus.

Auf jeder Welle bin ich hochgestiegen,
doch in dir ertränkte ich mich.

Wir haben so
viel durchlebt,
nur um am Ende
wieder Fremde zu sein.

Du schenktest mir Narben und ein Herz,
das jeden Tag ein bisschen mehr bricht.

Verlust — Manchmal gibst du dein Bestes und kämpfst hart für jemanden, nur um zu erkennen, dass sie nicht für dich bestimmt waren. Du hältst an deiner Vergangenheit fest und willst keine Verantwortung für all deine Schmerzen übernehmen, während sie bereits über dich hinweg sind. Aber bald wirst du hoffentlich verstehen, dass du zu hart zu dir selbst bist und es Zeit ist, all das, was dich belastet und an den Schmerz des Verlustes erinnert, loszulassen. Und bald wirst du hoffentlich auch sehen, dass das Leben mehr bereithält, als um den Verlust einer Person zu trauern, die du dachtest würde dir gehören.

Manche Herzen sind nicht dazu bestimmt,
um zusammen zu schlagen.

Die Schönheit des Heilungsprozesses — Was das Schlimmste nach einer Trennung ist, ist, dass dein gesamtes Leben mit seinen gewohnten Abläufen auf den Kopf gestellt wird. Zeitweise fühlst du dich komplett machtlos, als könntest du dich nie von diesem Schmerz erholen. Es gibt keine Anhaltspunkte, die dir sagen, wie lange du dich noch so fühlen wirst. Über einige Beziehungen kommst du schneller hinweg als über andere, die dich geformt und geprägt haben. Je schneller du akzeptierst, dass es zu Ende gegangen ist und je schneller du deine Trauer zulässt, desto eher kann der Heilungsprozess beginnen. Die Wahrheit ist, dass Melancholie, wie alles im Leben, nicht ewig andauert. Du wirst wieder bessere Tage erleben, gefüllt mit Glück und Zuneigung. Es ist gut möglich, dass du während der Beziehung Teile von dir vernachlässigt oder sogar geändert hast. Jetzt hast du die Möglichkeit, dich selbst wiederzuentdecken. Also suche und finde, was es war, das dich einzigartig gemacht hat. Das Einzige, was jetzt noch zu tun ist, ist, deinen Frieden wiederzufinden, denn auf den Schmerz folgt die Schönheit des Heilungsprozesses.

Dein Abschied verfolgt mich noch immer.

Seit du fort bist,
habe ich den Geschmack
der Liebe vergessen.

Liebe ist nicht genug — Die bittere Wahrheit ist, du kannst niemanden dazu bringen zu bleiben, indem du ihr mehr Liebe gibst. Und manche Erinnerungen werden dir in der Seele wehtun, weil du hofftest, sie würden für immer anhalten. Lass nicht zu, dass deine Einsamkeit dich hinunterzieht und ertränkt. Der Sturm in dir wird sich nur beruhigen, wenn du lernst, loszulassen. Denn du kannst sie vermissen und trotzdem nicht mehr zurückwollen. Es ist in Ordnung, den Verlust einer Person zu betrauern, die ein wichtiger Teil deines Lebens war und dich einst zum Lächeln brachte, aber lass dich nicht von deinen wirbelnden Gedanken dazu verleiten, wieder in einen toxischen Kreislauf einzutreten. Wenn etwas zu Ende geht, ist das meist genau der Moment, in dem du deinen Wert wiedererkennst. Jedes Ende macht den Weg frei für einen besseren Anfang.

Da liegt eine Schwermut
in der Finsternis der Wolken,
ohne Blick auf die Sonne.
Und es scheint,
als wäre jeder
Tag bloß hier,
um mich an den
Schmerz zu erinnern,
der da ist, statt dir.

Versagen — Um mit Misserfolgen umzugehen, braucht es Eigenmotivation, Willen und Ermutigungen. Jeder scheitert irgendwann mal in seinem Leben. Der Unterschied besteht darin, dass manche sich dazu entscheiden, aufzustehen und weiterzumachen, während andere einfach sitzen bleiben. Wir sind oft sehr hart zu uns selbst, wenn wir Trauer, Kummer und sogar eine Art von Verlust fühlen. Insbesondere, wenn wir die Erfolge anderer sehen. Erleidet man einen Rückschlag, ist es verlockend, sich einzureden, dass man in diesem Bereich immer scheitern wird. Aber denk daran, dass Herausforderungen uns immer nur dazu befähigen, zu wachsen und uns widerstandsfähiger zu machen, solange du dich ihnen stellst, statt wegzulaufen. Es liegt ganz bei dir, wie du dein Scheitern betrachtest. Allzu oft konzentrieren wir uns auf die schlechten Dinge, wenn etwas schiefgeht. Aus Angst wieder zu scheitern, hörst du dann ganz auf, es überhaupt zu versuchen. Doch du musst daran glauben, dass du es am Ende schaffen wirst. Du musst in der Lage sein, die größten Hürden und Rückschläge wegzustecken und zu überwinden, ohne dich von der Angst vorm Scheitern überwältigen zu lassen.

Liebe ist so einfach wie Atmen,
aber wenn du in der Nähe bist,
versinkt mein Herz,
tief wie der Grund des Meeres.

Taten statt Worte — Es ist schwierig, jemandem wieder zu vertrauen, nachdem sie dich enttäuscht und dein Vertrauen gebrochen haben. Denn Worte können unehrlich sein, aber Handlungen lügen selten. Wenn dich jemand wiederholt schlecht behandelt, frag dich, ob es sich wirklich lohnt, für diese Person zu kämpfen. Warum solltest du um jemanden weinen, der deine Gefühle nicht wertschätzt? Wenn sich jemand keine Mühe macht, ist es wahrscheinlich, dass deine Gefühle nicht erwidert werden. Und es ist so wichtig zu verstehen, mit wem du deine Energie und Lieben teilen solltest und wer sie nicht verdient hat. Wird dir kein Respekt entgegengebracht, lass los. Mit der Zeit und mehr Erfahrung wird sich deine Perspektive aufs Leben ändern und du wirst besser verstehen, wer es wert ist, dich und alles, was du gibst, in ihrem Leben zu haben.

Sie lassen dich verletzt und gebrochen zurück,
und doch nennst du es immer noch Liebe?

Die falschen Leute — Egal wer du bist und was du besitzt, niemand hat das Recht, dich runterzumachen. Die richtige Person wird dir nie das Gefühl geben, unwürdig zu sein. Sie wird dir nie das Gefühl geben, dass du nicht gut genug oder von keiner Bedeutung bist. Sie wird immer das Beste in dir sehen und dich daran erinnern, warum sie genau mit dir sein möchte. Denk immer daran.

Der Gedanke, an einer Liebe festzuhalten,
die sich wie deine anfühlt, macht mich kaputt.

Du verdienst etwas Besseres — Ich verstehe, dass deine vergangenen Erfahrungen dich vorsichtig und zerbrechlich gemacht haben. Die Erinnerungen an manche Menschen aus deiner Vergangenheit schmerzen noch so sehr, dass dir das Atmen in diesen Momenten schwerfällt. Ich verstehe, wie du dich innerlich fühlen musst, nachdem du alles von dir in den Traum einer gemeinsamen Zukunft mit dieser einen Person gesteckt hast. Es ist schon schwer begreiflich, wie schnell sich die Gefühle von jemandem ändern können. Während du dir selbst die Schuld für dein Leiden gibst, kann ich dir nur sagen, dass manche Menschen einfach nicht zusammengehören. Du musst akzeptieren, was geschehen ist, du kannst nichts daran ändern. Es mag anfangs schwer sein, aber entferne dich von allem, was dich mit ihr verbindet. Deine Seele verdient immer das Beste. Nimm dir die Zeit für dich selbst, um zu heilen und such nicht schon nach neuer Liebe inmitten des Schmerzes. Der Heilungsprozess mag schwierig sein, doch mit der Zeit wird es besser. Einige Wunden mögen bleiben, aber gerade jetzt, indem du dich selbst in dieser Zeit allen anderen voranstellst, ebnest du den Weg für bessere Dinge in deinem Leben.

Manche Lieder tun auf eine andere Weise weh.
Denn sie bringen die bittersüßen Erinnerungen zurück.

Unter der Oberfläche — Wir alle haben diese Momente, in denen wir uns unvollständig fühlen und die Zeit einfach so an uns vorbeiläuft. Wir alle haben Tage, an denen wir vor bestimmten Gefühlen fliehen wollen, Gefühle, die wir versuchen zu betäuben. Vor einigen Jahren hätten wir uns unser Leben wohl noch anders vorgestellt. Nicht alles, was wir versucht haben, hat auch funktioniert und das ist auch in Ordnung so. Du hast noch Zeit, herauszufinden, was für dich richtig und was falsch ist. Was für dich bestimmt ist, wird dich immer finden. Manchmal fokussieren wir uns so sehr auf die Rückschläge und Ablehnungen, dass wir vergessen, dass wir doch immer noch hier sind und es immer noch versuchen, und das ist es, was starke Menschen tun. Mach immer weiter und hör nicht auf, es zu versuchen. Das Leben ist schön und es ist in Ordnung, alles tief zu empfinden.

Wenn Herzen brechen,
werden sie nie wieder
so sein wie davor.
Und meines ist
zu gebrochen,
um jemals wieder
von dir geliebt
zu werden.

Leere — Manche Tage sind schwerer als andere, insbesondere nachts, wenn die Lichter ausgehen und es dunkler wird, schmerzt das Herz noch ein bisschen mehr. Es ist, als ob Schuld, Bedauern und Schmerz alle auf einmal auf dich niederfallen und doch hoffst du, dass sich die Dinge bessern und das Atmen wieder leichter fällt. Immer wieder kreisen deine Gedanken um die Dinge, die nicht so gelaufen sind, wie du sie dir vorgestellt hast. Die Leere breitet sich in deinem Herzen aus. Wann immer du dich so fühlst, niedergeschlagen und leer, denk daran, dass es dir guttut, etwas Zeit für dich zu nehmen und deinen Weg für eine Weile allein zu gehen. Es wird schwierige Momente geben und dir wird keine andere Wahl bleiben, als stark zu sein. Aber letzten Endes werden diese Tage dich lehren, jeden Moment, den du lebst und hast, zu schätzen.

Mein Herz fühlt sich an,
als würde es gleich zerbrechen
an all den Dingen,
die es versucht hat
zu werden,
in der Erinnerung
an deine Liebe.

Jede Nacht werde ich
weniger ich selbst
und mehr eine Person,
die ich nicht mehr erkenne.

Angstzustände — Ich weiß, wie sehr du dich mit deinen Ängsten abmühst und wie erschöpft du davon bist. Du hast dich in die Dunkelheit verkrochen, in der Hoffnung, du würdest dort Licht finden. Ich verstehe, wie schwer es ist, wenn die Stimmen in dir dich anschreien und du ganz allein kämpfst, ohne dass dir jemand beisteht. Die Wahrheit ist, du bist dein eigenes Licht in der Dunkelheit. Du bist sensibel und siehst vielleicht dein Potenzial nicht, aber genau das ist auch deine Stärke. Du bist stark genug, um alles im Leben zu erreichen. Die schlechten Tage sind es, die diese Stärke zum Vorschein bringen. All dein Schmerz wird vorübergehen und du wirst wieder heilen und daran wachsen.

Ich trage das ganze
Universum in mir,
aber in manchen Nächten
fang ich an zu bröckeln,
bis ich in zwei Teile zerbreche.
Zu oft bin ich mein
eigener größter Feind.

Altlasten — Hör auf Dinge mit dir zu tragen, die nicht dir gehören. Loszulassen kann schwierig sein, aber es ist nicht unmöglich. Du musst akzeptieren, dass manche Dinge einfach nicht sein sollten und nichts kann daran geändert werden. Finde einen Weg, dich dieser Last zu entledigen und dich darauf zu konzentrieren, was tatsächlich hier ist und auf all das, was du hast. Das Vergangene hinter dir zu lassen, ist der einzige Weg, um frei zu sein und das Glück wiederzufinden; dich selbst wiederzufinden.

Brich dir nicht dein Herz beim Versuch,
das eines anderen zusammenzusetzen.

Schmerz — Ich weiß, wie schwer es ist, dein Vertrauen in jemanden zu setzen, vor allem wenn du bisher immer nur verletzt wurdest. Ich weiß, wie es sich anfühlt, wenn du jemandem dein gesamtes Ich gibst und er es in zwei Hälften zerbricht. Es ist, als ob du Teile von dir selbst verloren hast. Aber all die Kämpfe, die du jeden Tag führst, um deinem Glück näher zu kommen, werden sich eines Tages bezahlt machen. Solange du den Glauben an die Macht des Universums nicht verlierst, werden deine Flügel dich tragen, und jeder Rückschlag wird dich zu einer besseren Version deiner selbst formen. Es ist beeindruckend zu sehen, wie du so viel Schmerz mit dir trägst und trotzdem jedes Hindernis übersteigst.

Wir leben und
atmen mit Worten,
für die uns der Mut
fehlt, sie auszusprechen.
Vielleicht ist das der Grund,
warum der Schmerz andauert.

Erkenntnisse — Es gibt Dinge, die du so unbedingt behalten willst, dass du dich zu sehr an sie bindest, aus Angst sie zu verlieren. Das Schwierigste, aber auch notwendige, in solchen Momenten ist zu erkennen, dass das Leben immer versucht, dich was zu lehren und dass du seinem Verlauf vertrauen musst. Es ist nicht leicht, ein Gefühl loszulassen, das sich in dir eingenistet hat, aber wenn es dir nicht mehr von Nutzen ist, musst du es gehen lassen. Zu oft fokussieren wir uns auf die Dinge, die wir nicht kontrollieren können. Deshalb ist es von großem Vorteil zu erkennen, was du ändern kannst und was nicht. Und dann lass los und vertraue darauf, dass sich dein Leben genau so entwickeln wird, wie es soll. Wir verbringen so viel Zeit unseres Lebens damit, uns an Dinge zu binden, bis unser Leben überfüllt ist mit solchen, die unbedeutend sind, Dinge, die uns am Ende gar nicht wichtig sind.

Lass nicht zu, dass deine Einsamkeit
dich in einen negativen Kreislauf bringt.

Lass das gehen,
was dir wehtut
und schätze mehr
von dem,
was dir guttut.

Einsamkeit — Manchmal kann es anstrengend sein, Zeit mit anderen zu verbringen und es zehrt an deiner Energie. Deshalb kann es dir guttut, auch mal Zeit mit dir selbst zu verbringen, um zu reflektieren, von deinen Fehlern zu lernen, dich zu verbessern und daran zu wachsen. Merk dir aber immer den Unterschied zwischen allein und einsam sein. Ausruhen ist kein Zeichen von Schwäche, solange du weißt, wohin du weitergehen möchtest. Nimm dir die Zeit, zu überlegen, wie bestimme Dinge in dein Leben passen und ob es sich lohnt, alles für etwas zu geben, das dein Potenzial nicht ausschöpft.

Ich hatte nie
einen Grund dazu,
mich so leer zu fühlen.
Ich war vollkommen
auch schon bevor
ich dir begegnete.

Weiterziehen — Das Leben kann unberechenbar sein. Es spielt keine Rolle, wie es vor fünf Jahren war; du wirst nicht immer den Rest deines Lebens mit den Menschen verbringen, die du dir gewünscht hättest. Mit dem Vergehen der Tage wird es dir langsam kalt ums Herz. Du fühlst dich vielleicht ohne Grund unzufrieden und gereizt. Das Einzige, was du jetzt tun kannst, ist zu warten und zu hoffen, dass die schrecklichen Phasen aufhören oder sich zumindest verlangsamen. Letztendlich müssen wir alle verstehen, dass sowohl die Zeit als auch der Schmerz vergänglich sind. Wir verlieren uns nur, wenn wir an die denken, die uns mal verletzt haben. Du hast das Leben, das dir gegeben wurde und du musst dich nicht dafür entschuldigen, Dinge loszulassen und weiterzugehen. Denn das ist der Moment, in dem du anfängst, dein Leben im Hier und Jetzt zu leben und dich selbst wertzuschätzen. Es gibt kein Zurück mehr zu den unglücklichen Momenten der Vergangenheit.

Schmerz ist oft ein Segen, der dir zeigt,
dass du etwas Besseres verdient hast.

Erkenne deinen Wert — Du wirst auf Menschen treffen, die dich nicht zu schätzen wissen, die sich nicht um dich bemühen werden und keine Zeit investieren wollen, um dich richtig kennenzulernen. Wisse, dass du dich nicht schlecht fühlen musst, wenn du dich aus solchen Situationen entfernst und weiterziehst. Du wirst auf deinem Weg manche Menschen enttäuschen und gewisse Grenzen setzen müssen. Vielleicht fällt dir das schwer, aber erkenne, dass es notwendig ist. Lass dich nicht von den falschen Menschen entmutigen, es gibt so viele Gründe weiterzumachen.

Wenn es schmerzt, lass es gehen.
Vergiss nicht, was du verdienst.

Schmerz verändert dich — Manche Wunden gehen nur so tief, um dir zu zeigen, wie viel Kraft du in dir hast. Der Schmerz lässt Dinge in dir aufblühen, von denen du nicht einmal wusstest, dass du sie hast. Er treibt dich an, nach dem Licht im Schatten zu suchen, und ist oft der einzige Weg zur Besserung.

Realität — Es ist wichtig, loszulassen, was dich tief runterzieht. Wenn Atmen zu einer Erinnerung davon wird, wie schwer es ist, Ruhe inmitten von Chaos zu finden und an den Abenden, an denen die Leere dich verzehrt, da klammerst du dich an Erinnerungen aus der Vergangenheit. Die Realität ist, dass sich dein Herz nicht immer so schwer anfühlen wird. In dem Moment, in dem du erkennst, dass du zu hart mit dir warst und du Schuldgefühle und Bürden auf dich genommen hast, die nicht deine zu tragen waren, in dem Moment wird dein Herz wieder einen Grund zum Schlagen und du einen Zweck zum Atmen finden.

Du kannst nur dann fliegen,
wenn du dich von all dem löst,
was dich zurückhält.

Geh ein Stück allein — Jedes Mal, wenn du schwierige Situationen erlebst und sie überwindest, wirst du letztlich mit einer optimistischeren Sicht auf das Leben belohnt. Du wirst beginnen, die kleinen Dinge zu schätzen, die die wirklich wichtig im Leben sind und du wirst spüren, wie Dankbarkeit dich erfüllt. Hab keine Angst davor, allein durch schwierige Momente zu gehen, durch sie wirst du beginnen zu glänzen.

Ich musste dich verlieren,
um mich selbst wiederzufinden.

Selbsterkenntnis — Wenn du dein Selbstwertgefühl davon abhängig machst, was andere von dir und deinen Fähigkeiten halten, kann dich das schnell auf eine Straße der Angst und Isolation führen. Jedes Mal, wenn wir etwas von jemandem erwarten, eröffnet das die Möglichkeit, enttäuscht zu werden. Konzentriere dich stattdessen darauf, was du selbst von dir denkst. Dadurch nimmst du das Ruder selbst in die Hand und entdeckst währenddessen mehr über dich selbst. Erkenne deinen Wert und weigere dich, schlechte und unfaire Behandlung zu tolerieren. Veränderung ist notwendig im Leben. Aber ändere dein Verhalten nicht aus den falschen Gründen, zum Beispiel um jemandem zu gefallen und in der Erwartung, dass sie dich dann mehr mögen. Wenn es um Beziehungen geht, denk immer daran, dass dein Selbstwertgefühl das Wichtigste ist. Denn egal, wie sehr dein Partner dich liebt, wenn du dich selbst nicht wertschätzt und respektierst, wirst du seine Zuneigung zu dir nicht spüren können.

Es ist okay,
Gefühle zuzulassen.
Du bist mutig genug,
um zu heilen.

Trauer — Um mit Verlusten umzugehen, hat jeder von uns seine eigenen Bewältigungsstrategien. Es gibt keinen einen richtigen Weg dafür. Bestimmte Gedanken werden von Zeit zu Zeit Erinnerungswellen auslösen, die schmerzen, doch es wird immer weniger werden. Auch die Wut und die Ungewissheit werden langsam schwinden, wenn du die Situation zu akzeptieren beginnst. Es ist wichtig, Trauer zuzulassen. Wenn du dein Unbehagen ignorierst, wird es auf lange Sicht nur schlimmer werden.

Manche Dinge müssen enden,
damit bessere beginnen können.

Gefühle — Für alle, die mit Angstzuständen und Depressionen fertig werden müssen, ich weiß, wie sehr ihr leidet und eure Kämpfe im Stillen austrägt, aber auf lange Sicht wird es euch wieder besser gehen, wenn ihr euch nur erlaubt zu fühlen, anstatt alles zu unterdrücken. Nur wenn man sich sein Leiden eingesteht, kann man wieder besser werden. Egal, wie viele Sorgen ihr euch um gewisse Sachen macht, habt ihr trotzdem keinen Einfluss auf deren Ausgang. Ihr denkt zu viel nach und beschwört unwahrscheinliche Szenarien herauf. Ich wünsche euch allen die Kraft, die Dinge loszulassen, die euch Schmerzen bereiten.

Du wirst vieles verstehen,
wenn du deine Gefühle
beiseitelässt und dich
stattdessen auf deren
Verhalten konzentrierst.

Perspektive — Wenn du ständig nur an die Hindernisse und Tragödien denkst, bringst du genau das in dein Leben rein. Wenn du aber deine Perspektive änderst und stattdessen nach Antworten und potenziellen Möglichkeiten Ausschau hältst, wirst du mehr davon anziehen. Probleme und Schwierigkeiten zu erkennen und Schmerz zu akzeptieren, hilft dir, mentale Widerstandsfähigkeit zu entwickeln und besser mit schwierigen Situationen umzugehen. Jeder macht im Leben Situationen durch, in denen man keine andere Wahl hat, als stark zu sein und sich ihnen zu stellen; und vielleicht vermag so eine Situation einem sogar zum Besseren zu verändern. Eine wachstumsorientierte Einstellung dem Leben gegenüber führt zu einer völlig neuen Denkweise. Wenn du deine Sichtweise änderst, beginnen Umstände, die dich früher zum Scheitern und Verzweifeln gebracht haben, dich jetzt weiterzubringen.

Du trägst so viel
Schmerz in dir
und stehst trotzdem
jedes Mal wieder auf.
Ich bin stolz auf dich.

Schlechte Tagen sind gut für das Wachstum — Irgendwann im Laufe des Tages oder der Nacht erlebt fast jeder ein Gefühl der Leere. Es ist frustrierend, nicht zu wissen, was dich unglücklich macht und zu deiner Unzufriedenheit beiträgt. Es mag Tage geben, an denen du jegliches Interesse an den Dingen verlierst, die du sonst liebst, und es ist völlig in Ordnung, sich so zu fühlen. Es gibt fröhliche und traurige Zeiten im Leben eines jeden, Probleme sind ein unvermeidbarer Teil unserer Existenz. Ohne Höhen und Tiefen zu erleben, leben wir nicht. Und so lernen wir mit unseren Problemen umzugehen, wann immer sie auftauchen mögen. Verbringe deine Zeit auf vernünftige Weise und genieße die Schönheit der Welt um dich herum. Das Leben ist hier um erlebt, ausgekostet und so sehr wie möglich genossen zu werden. Schlussendlich sind es die schlechten Tage, an denen wir wachsen.

Es ist okay,
sich kaputt zu fühlen.
Es ist okay,
sich leer zu fühlen.
Es ist okay,
Schmerzen zu fühlen.
Es ist okay zu fühlen.

Auf den Schmerz
folgt die Schönheit
des Heilungsprozesses.

Abschließen — Es kann schwierig sein, etwas hinter uns zu lassen, wenn wir nicht auf die Art damit abschließen konnten, wie wir es uns gewünscht hätten. Wenn eine Beziehung plötzlich und ohne Erklärung auseinandergeht, ist es normal, uns zu fragen, wieso wir das nicht haben kommen sehen oder wieso wir uns dazu entschieden haben, die Warnsignale zu ignorieren. Hätten wir den Herzschmerz verhindern können? Unsere Bindung an all das, was war oder hätte sein können, hält uns zu oft zurück. Hör also auf zu warten und zu versuchen, jemanden zum Bleiben zu überzeugen. Du wirst nur deine besten Jahre deines Lebens damit vergeuden, dich zu fragen, warum du nicht gut genug warst. Keine Antwort zu bekommen, ist manchmal schon Antwort genug. Erlaube es deinen Gefühlen, sich auszudrücken. Wenn du deine Gefühle zulässt und die Realität akzeptierst, wirst du deinen Abschluss in der Tatsache finden, dass du schlicht Besseres verdient hast.

Wie andere Menschen dich behandeln, ist eine Reflexion dessen, wer sie sind und nicht davon, was du verdienst.

Du wirst dich nie gut genug für jemand anderen fühlen,
wenn du dich nicht zuerst gut mit dir selbst fühlst.

Freundlichkeit — In einer Gesellschaft, die von Gier angetrieben wird, ist es etwas Besonderes, bescheiden und mitfühlend zu bleiben. Aber es ist genauso wichtig, deine Freundlichkeit nicht zu einer Schwäche werden zu lassen, indem du anderen erlaubst, sie auszunutzen. Auch wenn Menschen manchmal grausam sein können, setz dich nicht auf ihr Niveau runter, um dich anzupassen. Bleib immer bodenständig und bescheiden, das macht dich einzigartig und attraktiv.

Sie ist verloren in einer Welt,
in der sie sich im Stillen selbst heilt.

Entwicklung — Wenn du versuchst vor deinen Problemen davonzulaufen, schaffst du dir nur neue und machst dein Leben komplizierter. Kurzfristige Lösungen bringen dir letzten Endes nur noch mehr Schmerz und Leid. Sei stolz darauf, wie weit du gekommen bist und wie unermüdlich du gegen Hindernisse angekämpft hast. Sieh deine Fehler nicht als Versagen an, sondern betrachte sie als Lektionen, von denen du lernst, was du mit dir tragen und was du hinter dir lassen solltest.

Es liegt
Schönheit
in einer Liebe,
die mit dir
selbst beginnt.

Akzeptanz — Je mehr du mit dir selbst im Reinen bist, desto leichter wird es dir fallen, auch andere so zu akzeptieren, wie sie sind. Du wirst Schwierigkeiten mit Gelassenheit begegnen, weil du weißt, dass sie keine Auswirkungen auf deine Selbstwahrnehmung haben. Unsere guten Seiten zu akzeptieren, fällt uns nicht schwer, doch wenn es um unsere Fehler und Schwächen geht, fühlen wir oft Scham. Um Akzeptanz zu erreichen, musst du lernen, all deine Facetten anzunehmen, einschließlich deiner Gefühle, Wahrnehmungen und deiner Vergangenheit, indem du ehrlich zu dem stehst, was du bist. Du magst ein unvollkommener Mensch sein, aber in deiner Unvollkommenheit bist du perfekt. Du musst nichts anderes sein als einfach nur ein kleines Stückchen besser als dein bisheriges Ich, ein wenig besser mit jeder Phase deines Lebens.

Die Zeit heilt
und du wirst
lernen auf
dem Weg
zu blühen.

Eine außergewöhnliche Seele — Manchmal bricht dich der Schmerz in deinem Herzen, gerade in dem Moment, in dem du heilen willst. Auch wenn du den Schmerz nicht verdient hast, sag dir jeden Tag, dass du stark genug bist, die Dinge loszulassen, die dich brechen. Bestimmte Situationen können toxisch für dich sein und dazu führen, dass du dich abkapselst, bis du komplett taub bist und nichts mehr fühlst. Nimm dir jeweils nur einen Tag nach dem anderen vor, schreib eine Liste mit den Dingen, die du gerne tust und einige Ziele auf, die du hast. Lösche alle Erinnerungen aus, die dich mit deiner schlechten Vergangenheit verbinden und dich immer wieder heimsuchen. Sei dabei geduldig mit dir selbst und deinem Wachstum. Heilung ist ein langsamer Prozess. Gib dir also Zeit, um aufzublühen. Denn dies ist nur ein weiterer Abschnitt in deinem Leben. Nimm die Lebenserfahrung mit und gehe weiter. Es wird Zeit für einen Neuanfang, ohne dich an das Alte zu klammern. Nimm dir Zeit für die Dinge, die dir guttun, körperlich wie auch seelisch. Du bist eine einzigartige, liebenswerte und vor allem eine wertvolle Seele.

Schätze dich selbst,
ohne dich dafür
schuldig zu fühlen.

Stille — Die Stille sagt so vieles, wenn jemand nicht mehr bei dir ist. Jeder Moment, in dem du an sie denkst, ist eine Erinnerung daran, wie tief ihr miteinander verbunden wart. Da ist dieser Schmerz, wenn dir das Atmen schwerfällt, weil du weißt, dass es keine Zukunft für euch gibt. Aber mit der Zeit wirst du Platz für Wachstum machen. Du wirst dich zuerst in dich selbst verlieben. Du wirst anfangen für die Momente zu leben, die dir Frieden bringen, selbst wenn es in Abwesenheit von ihnen sein muss.

Nur weil andere von dir denken, dass du schwach bist, muss das nicht die Wahrheit sein. Vor allem aber glaub nicht an das, was andere von dir halten.

Liebe dich selbst — In einem Universum, in dem uns beigebracht wurde, die Bedürfnisse anderer über unsere eigenen zu stellen, fällt es vielen von uns vielleicht schwer, Empathie für uns selbst aufzubringen. Du hast viel durchgemacht und du wirst mit jedem verstreichenden Moment stärker. Indem du Selbstliebe praktizierst, lernst du dich um deine eigenen Bedürfnisse zu kümmern und auch an dich selbst zu geben, dadurch kannst du Energie in die Person stecken, die du sein möchtest. Denn die Tiefe deiner Beziehung zu dir selbst und zu anderen hat den größten Einfluss darauf, wie du dein Leben wahrnimmst. Verbringe Zeit damit, deinen eigenen Wert zu pflegen. Dich selbst gut zu behandeln ist das Produktivste, was du für dein Leben tun kannst. Wenn du dich selbst liebst, wirst du ein höheres Maß an Wohlbefinden und Zuverlässigkeit verspüren. Egal wie sehr du dich bemühst, du wirst nie fehlerfrei sein, und doch bist du perfekt in deiner Unvollkommenheit, genau so wie du bist. Vor allem aber erlaube dir, ganz ehrlich damit zu sein, wer du wirklich bist. Sei bereit, dir selbst die Fehler zu vergeben, die du in der Vergangenheit gemacht hast und all die Handlungen, die dir Schuldgefühle geben. Gib dir selbst die Liebe, die du verdienst.

Liebe geben zu können,
beginnt damit, sanft mit
sich selbst umzugehen.

Vergebung — Die Schuldgefühle, die wir empfinden, sind oft das, was uns an die Vergangenheit bindet. Diese Gefühle sind so stark, dass sie sich auf vielfältige und unangenehme Weisen offenbaren können. Es ist schwierig, mit der Vergangenheit Frieden zu schließen und sich die Fehler der Vergangenheit zu verzeihen. Es fällt uns allen manchmal schwer, Verantwortung für unser Handeln zu übernehmen, obwohl das der einzige Weg ist, um vorwärtszukommen. Selbstvergebung ist eine Form der Liebe, die dein Leben mit Mitgefühl und Zuneigung füllt. Langfristig wird dir die Auseinandersetzung mit diesen schweren Gefühlen der Scham und Wut helfen besser mit allem umzugehen, womit du zukünftig konfrontiert wirst.

Die Welt
kann warten,
kümmere dich erst
um dich selbst.

Eine kleine Erinnerung — Liebe kann auf so viele unterschiedliche Weisen existieren, aber ich hoffe, dass du dich zuerst in dich selbst verliebst, bevor du dich für jemand anderen entscheidest. Es gibt so vieles zu lernen, wenn man sich Zeit für sich selbst nimmt. Dein Glück und dein Seelenfrieden sollten niemals von einer anderen Person abhängig sein. Es wird viele geben, die den Funken in dir nicht bemerken werden, aber ich hoffe, dass du nie aufhörst, an dich zu glauben, denn du bist so stark, genau so wie du bist.

Deine Flügel tragen die Kraft,
um deine Kämpfe zu führen.

Geistige Widerstandsfähigkeit — Nichts ist gefährlicher als eine Person, die die schwierigsten Momente allein durchgestanden hat und gestärkt daraus hervorgeht. Diese Version von ihr ist in vielerlei Hinsicht stärker, denn sie hat gelernt, ihrer eigenen Stimme zu vertrauen, auch wenn alles um sie herum unklar scheint. Sie weiß, wie hart der Heilungsprozess ist, ein kurvenreicher Weg, der Geduld und Selbstvertrauen erfordert. Eine solche Person hat nicht die Absicht aufzugeben; selbst wenn ihre Seele müde wird, wird sie sich an den Tagen, die dunkel erscheinen, noch ein bisschen mehr anstrengen.

Das Leben
lehrt dich
stark zu sein,
denn du bist
ganz auf dich
selbst gestellt.

Du bist deine Heilung — In Wahrheit kannst du dich nur auf dich selbst verlassen, denn andere werden nie ganz verstehen, was in deinem Kopf vor sich geht. Manche Freunde werden im Verlauf deines Lebens verschwinden. Menschen, die du liebst, werden sich von dir abwenden. Andere werden vielleicht nicht in der Lage sein, deinen Schmerz zu lindern, weil sie sich nicht über das Ausmaß deines Leides und der Tiefe deiner Trauer bewusst sind. Eine Sache, die du dabei lernen wirst, ist, dass die einzige Person, auf die du dich voll und ganz und immer verlassen kannst, du selbst bist. Nur du kannst dir selbst helfen. Deshalb ist es am besten, wenn du deinem eigenen Weg folgst. Wenn du deine Aufmerksamkeit weg vom Schmerz und hin zu schöneren Bereichen deines Lebens lenkst, kannst du die Art und Weise ändern, wie dein Körper auf unbequeme Situationen reagiert. Du kannst selbst entscheiden, wie viel Energie du den ganzen Tag und damit durch dein ganzes Leben mit dir herumtragen willst und wie du sie verteilst. Nimm deine Zukunft selbst in die Hand und erkenne, dass du der Einzige bist, der dich dorthin bringen kann, wo du im Leben hinwillst. Denn du bist deine eigene Heilung, dein eigener Geliebter und ein ganzes verdammtes Universum.

Selbstliebe bedeutet,
im Einklang zu leben
mit der Person,
die du wirklich bist.

Mut — Dich selbst zu lieben, ist das Mutigste, was du tun kannst. Um das zu können, braucht es Vertrauen, Lernbereitschaft und eine Verbindung zu dir selbst. Es ist wichtig, dir selbst zu erlauben, alles zu fühlen, egal wie beängstigend oder unangenehm es erscheinen mag. Du wirst auch Fehler machen und das ist in Ordnung. Denkt daran, der größte Fehler, den du machen kannst, ist es gar nicht erst zu versuchen. Es ist wichtig, dich daran zu erinnern, dass du es wert bist, egal, was andere sagen.

Der Zeitpunkt des Universums
hat seinen ganz eigenen Zauber.

Glaube — Das Leben kann selbst für die mit den gutmütigsten Herzen manchmal schwierig sein, aber denk daran, dass nichts von Dauer ist. Es braucht Zeit und innere Stärke, um damit fertig zu werden und daran zu wachsen. Bewahre dir deinen inneren Frieden und deine Bindung zu engen Freunden und der Familie sicher auf. Sie sind diejenigen, die aufrichtig für dich beten, wenn du einen steinigen Pfad begehst.

Vergib deinem Herzen,
es hat genug gekämpft.

Glück — Sich auf den gegenwärtigen Augenblick zu fokussieren, kann helfen, uns glücklicher und zufriedener zu machen. Glück ist subjektiv und kann auch geübt und kultiviert werden, was sich auf unser ganzes Leben positiv auswirkt. Um andere glücklich machen zu können, müssen wir erst unsere eigene Perspektive aufs Leben ändern. Viele Menschen glauben, dass man nur dann glücklich sein kann, wenn man mit sich selbst im Reinen ist. Sie übersehen dabei, dass zum Glücklichsein einfach gehört, jede Emotion zu schätzen, den Segen des Atmens zu genießen und für jeden Tag dankbar zu sein. Wir neigen oft dazu, die Dinge zu verkomplizieren und damit machen wir unser Leben noch schlechter. Du musst daran denken, dass das Leben eine Mischung aus Herausforderungen, Trauer, Vergnügen und Glück ist; gäbe es keine Traurigkeit im Leben, würden wir die Freude nicht schätzen. Wenn das Leben dich nicht glücklich macht, liegt das wahrscheinlich daran, dass du dich auch selbst nicht glücklich machst.

Lass niemanden
das Licht in
dir dämpfen.

Motivation — Manchmal ist es ganz einfach zu kämpfen, doch wenn es mal schwierig wird, wenn wir ins Straucheln geraten, kann deine Motivation schnell verschwinden. Scheitern ist nicht immer etwas Schlechtes, wenn du daraus lernen kannst. Es gibt jedoch einen Unterschied zwischen Versuchen und Lernen, und Aufgeben, sobald die Dinge etwas schwieriger oder beängstigend werden. Deine Gedanken werden dich immer wieder dazu drängen, mit dem Versuchen aufzuhören und eine Pause einzulegen. Wenn du ein großes Ziel in Angriff nimmst, kann es allzu einfach sein, sich auf die Hindernisse zu konzentrieren, die sich dir in den Weg stellen. Das schürt die Unsicherheit in dir und schwächt dein Selbstvertrauen. Da Motivation meist nur ein vorübergehendes Gefühl ist, musst du immer danach streben, der Beste in dem zu sein, was du tust. Anstatt dich auf das Ergebnis zu konzentrieren, fokussiere dich auf den Weg vor dir. Und denk daran: Wenn du trotz der Stimmen, die dir sagen, du sollst aufhören, weitermachst, wirst du mit größter Wahrscheinlichkeit Erfolg haben. Deine kontinuierlichen kleinen Anstrengungen, die dein Selbstvertrauen stärken und Stress abbauen, bringen dich voran. Du hast bessere Chancen, dein Ziel zu erreichen, wenn du dich auf die Dinge konzentrierst, die du kontrollieren kannst und dann tust, was du kannst, um sie auf bestmögliche Weise zu beeinflussen.

Wir fallen nur, um wieder aufzustehen.

Das Timing des Universums — Unabhängig davon, ob etwas gut oder schlecht ist, gibt es immer einen Grund, warum es passiert. Ich glaube, dass eine unendliche Menge an Energie uns zu den Dingen führt, die wir tun sollten. Du kannst dein Glück vielleicht bis zu einem gewissen Grad beeinflussen, aber bestimmte Umstände liegen einfach außerhalb deiner Kontrolle. Manchen Menschen fällt es einfacher, das zu akzeptieren als anderen. Es ist gut möglich, dass wir meist wohl nicht den vollen Durchblick haben. Würden wir versuchen, die Situation aus einem anderen Blickwinkel zu betrachten, würden wir dann vielleicht verstehen, dass alles, was uns widerfährt, Gutes und Schlechtes, einfach nur ein Teil des Lebens ist. In der Regel brauchen wir jedoch Zeit, manchmal sogar sehr viel Zeit, um zu erkennen, wieso uns etwas passieren musste. Letztendlich liegt es ganz an uns, wie wir die Dinge wahrnehmen und für welche Option wir uns entscheiden, denn niemand sonst hat die Macht, die Dinge für uns zu ändern.

Mit Geduld wirst du wachsen,
dich besser fühlen und strahlen.

Du bist das Licht — Wenn das Leben an Fahrt aufnimmt, bleibst du manchmal zurück, weit entfernt von deinen Träumen. Die Dinge verändern sich so schnell, dass du beginnst, tief in deinem Herzen eine Leere zu spüren. Du versinkst in Trauer und verlierst dich allmählich selbst. Aber es tut gut, mal innezuhalten und das Leben wertzuschätzen, wie es ist, Augenblicke zu genießen, ohne zu viel darüber nachzudenken und zu fühlen, was du gerade durchmachst, denn es gibt immer einen Teil von dir, der in der Dunkelheit wächst und der es verdient, im Licht gesehen zu werden.

Es ist
wirklich okay,
es auch mal
langsam anzugehen.
Du kannst jederzeit
wieder weitermachen.

Hoffnung — ist der Treibstoff, der dich vorwärts trägt. Sie ist der Blick nach vorn auf eine bessere Zukunft, auch wenn alles um dich herum gerade düster ist. Hoffnung ist nicht der Wunsch nach Perfektion, sondern einfach der Glaube daran, dass es besser wird. Nach all den missglückten Versuchen, deine Ziele zu erreichen, hast du vielleicht das Gefühl, du stehst auf dem Gipfel des Scheiterns. Aber wenn du dich an solch einem Punkt befindest, wirst du dazu vorbereitet, eine Lektion zu lernen, die viel wichtiger ist, als dir bewusst ist. Hier kommt der Glaube ins Spiel. Wenn du hoffst, dann glaubst du. Du musst an deine Fähigkeit glauben, etwas zu erreichen und daran, dass deine Träume einer besseren Zukunft erfüllt werden können.

Vertraue dem Timing, alles geschieht
aus einem bestimmten Grund.

Ach Liebling,
du erzählst mir immer
wieder von den Sternen
und dem Mond, dabei bist
du es selbst, die ein
ganzes Universum ist.

Bestimmung — Der Sinn des Lebens besteht darin, Schönheit in dem zu entdecken, was wir tun und Freude und Glück zu finden in jedem Atemzug. Sein Hauptzweck ist es, Gelassenheit und innere Ruhe in unsere Leben und unsere Seelen in Einklang zu bringen. Die meisten von uns gehen durchs Leben strebend nach einer Karriere oder gesellschaftlichen Errungenschaften, aber es ist nicht so kompliziert, wie es uns erscheint. Die Lösungen sind überall um uns herum, auf den Straßen neben uns gehend. Wir sind alle aus einem bestimmten Grund hier, um zu versuchen, die Rätsel des Lebens zu lösen.

Die richtigen Leute — Wir treffen auf viele unterschiedliche Menschen mit unterschiedlichen Energien und nicht alle werden uns das ganze Leben lang begleiten. Einige werden uns verlassen, aber nicht ohne uns etwas zu lehren. Wenn wir auf dem Höhepunkt unseres Erfolges sind, ziehen wir wahrscheinlich mehr Menschen an, die sich um uns scharen wollen. Wenn wir an einem Tiefpunkt sind, ist das Gegenteil der Fall. Menschen, von denen wir glauben, dass wir mit ihnen zusammen sein wollen, verlassen uns vielleicht, während diejenigen, die wirklich auf einer Wellenlänge mit uns sind, eher die schwierigen Zeiten mit uns durchstehen. Wir sollten unseren Dank und Wertschätzung an alle die ausdrücken, die unser Leben verbessern und angenehmer machen.

Dein Herz ist das,
was dich attraktiv macht.

Die Reise — Wir sind alle auf unsere eigene Weise gebrochen und versuchen, von dem zu heilen, das uns zerbrochen hat. Die Reise mag nicht immer beständig sein, aber geh weiter und lass alles hinter dir, das keinen Zweck mehr erfüllt. Du gehörst an einen Ort, an dem du dich weiterentwickeln kannst. Erlaube dir, deine Fehler einzugestehen und von ihnen zu lernen. Schmerz ist nicht das einzige Gefühl, das man empfinden kann. Deine Existenz besteht aus so viel mehr als nur aus den Hürden, die du überwindet und den Kämpfen, die du bisher durchgestanden hast.

Echte Liebe ist selten,
ein Paradies zweier Herzen.

Leidenschaft — Es bricht mir das Herz, wenn ich an die vielen Menschen denke, die ihre Leidenschaft nie entdecken oder zu zögerlich sind, ihr zu folgen. Berufliche Erfolge sind so viel befriedigender, wenn sie von Leidenschaft angetrieben werden. Sie gibt dir einen Zweck und zeigt dir einen klaren Weg für das, was du erreichen willst. Nimm dir etwas Zeit herauszufinden, was dich begeistert. Wenn du nicht weißt, wo anfangen, denk an all deine Interessen und die Dinge, die dir Spaß bringen und dich glücklich machen. Manchmal musst du dich schwierigen Umständen aussetzen, um deine Leidenschaft zu entdecken. Und dann tu alles, was du kannst, um so viel Zeit wie möglich damit verbringen zu können. Such dir erst mal einen Job, der es dir ermöglicht, deiner Leidenschaft in der Freizeit nachzugehen, bis du deine Leidenschaft selbst zum Beruf machen kannst; dann wirst du unaufhaltsam sein.

Das Risiko,
das du Angst hast einzugehen,
wird dein Leben verändern.

Momente — Vieles im Leben ist unerwartet. Wenn du jemandem dein Vertrauen schenkst, besteht immer die Möglichkeit, dass er es missbraucht und dich am Boden zerstört zurücklässt. Du solltest dir über einige Dinge im Klaren sein: Du bist alles, was du sein kannst und sein solltest. Du sollst in dich selbst vertrauen, und dein Fokus sollte letztlich auf dir und deinem Leben sein. Liebe mehr und hasse weniger, denn nichts hält für immer. Lebe dein Leben, so wie du es willst und finde Zufriedenheit in dem, was du tust. Da die Gegenwart alles ist, was wir haben, lebe in ihr.

Das Leben
passiert zwischen
Momenten und
wilden Träumen.

Zeit — Heilen braucht Zeit und passiert in Phasen. Je stärker die Verbindung war, desto tiefer geht die Wunde. Der Verlust eines geliebten Menschen ist immer schwer, aber für die meisten heilt die Zeit die Wunden, doch die Narben bleiben. Wir Menschen bleiben immer an Erinnerungen hängen, was es schwer macht, loszulassen. Gib dir genug Zeit, dich mit deinen Gefühlen auseinanderzusetzen. Nichts und niemand wird deine Trauer stillen können, bis du es zulässt. Bis du verstehst, dass es besser für dich ist, in der Gegenwart zu leben und die Vergangenheit ohne Bedauern zu akzeptieren. Was auch immer geschehen ist, ist unwiderruflich. Es hat keinen Sinn, deine Zeit und Energie darauf zu verschwenden und dabei deinen inneren Frieden aufs Spiel zu setzen.

Du verdienst es,
geliebt zu werden,
ohne dass du
deine dunklen Seiten
verstecken musst.
Du verdienst es,
im Sonnenlicht
geliebt zu werden.

Hör zu — Höre auf dein Herz, es trägt deine Träume in sich und wird dir sagen, wohin du gehen sollst. Vertraue auf deine Intuition, sie weiß, was das Beste für dich ist. Lerne deine innere Stimme zu hören, sie weiß bereits, was du zu tun hast. Also komm, folge dem Weg, der für dich bestimmt ist, er wird dich dorthin führen, wo du sein solltest.

Ihre bloße Existenz
heilt die Seele
und das Herz,
denn sie verkörpert
die Wahrheit reiner Liebe,
frei von jeglicher Lüge.

Eine Ewigkeit an Liebe wartet noch auf uns.

Ende — Lass das Feuer in deinem Herzen niemals erlöschen, selbst wenn du dich verletzt oder leer fühlst, selbst wenn du den Tiefpunkt deines Lebens erreicht hast. Bevor du etwas verändern kannst, musst du die Veränderung erst verinnerlichen. Es wird Tage geben, an denen du ans Aufgeben denkst. Unsere Gesellschaft ist so sehr auf Zahlen fokussiert, auf das Alter und den monetären Status, sodass der Erfolgsdruck und die Last deiner Verantwortungen dir einen klaren Blick auf das wirklich Wichtige im Leben versperren können. Und so bist du immer auf der Suche nach den Momenten, die zeigen, wer du gerne wärst, nicht wer du bist. Denk daran, dass du nie zu alt bist, um neu anzufangen und dass dein Potenzial grenzenlos ist. Und denk daran, dich nie von etwas unterkriegen zu lassen, denn ein Ende ist nichts anderes als ein Anfang. Selbst in deiner dunkelsten Phase gibt es Hoffnung, den du atmest noch und das ist ein Grund weiterzumachen. Der Anfang ist hier.

ÜBER DEN AUTOR

EVENFALL — Prabhu Nair ist ein Autor, der fest daran glaubt, dass das Schreiben eine Möglichkeit ist, positive Veränderungen in der Welt herbeizuführen. Er ist bestrebt, seine Leserinnen und Leser zu inspirieren und zu motivieren, das Leben aus einer positiven Perspektive zu betrachten und das Besondere im Alltäglichen zu finden. Geboren und aufgewachsen in Goa, Indien, träumte er schon früh davon, die Zukunft seiner Träume zu gestalten. Er arbeitete als Content Writer für verschiedene Medien und bekannte Publikationen und hat sich unter seinem Pseudonym Evenfall einen Namen gemacht. Seine Arbeit ist eine Reflexion seiner eigenen Reise, seiner persönlichen Erfahrungen und dem Austausch mit seinen Leserinnen und Lesern.

Scanne den Code, um mehr über Evenfall zu erfahren:

Mehr Bücher von
THE POETICS PUBLISHING

Labyrinth Herz
Naiad

Was von uns übrig ist
Shreya Maurya

Kugeln und Silberstreifen
Lorelei

Printed in Poland
by Amazon Fulfillment
Poland Sp. z o.o., Wrocław

34041354R00069